LOS MISTERIOS DE BILLIE B. BROWN

SALLY RIPPIN

La casa encantada

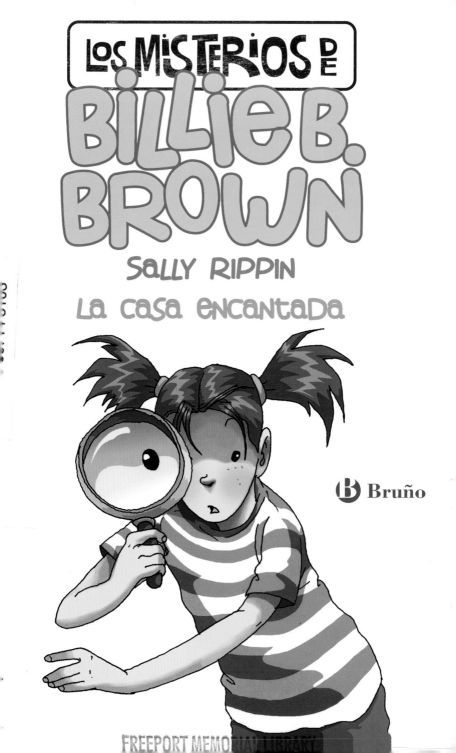

ⓑ **Bruño**

Título original: *A Billie B Mystery. Spooky House*
© 2013 Sally Rippin
Publicado por primera vez por Hardie Grant Egmont, Australia

© 2018 Grupo Editorial Bruño, S. L.
Juan Ignacio Luca de Tena, 15
28027 Madrid
www.brunolibros.es

Dirección Editorial: Isabel Carril
Coordinación Editorial: Begoña Lozano
Traducción: Pablo Álvarez
Edición: María José Guitián
Ilustración: O'Kif
Preimpresión: Gráficas Blanco, S. L.
Diseño de cubierta: Miguel A. Parreño (MAPO DISEÑO)
ISBN: 978-84-696-2383-1
D. legal: M-2326-2018
Printed in Spain

Capítulo 1

Billie B. Brown
y sus amigos han salido
de clase y están en un extremo
del patio del colegio, junto
a un árbol, charlando.

Billie saca de su mochila un
sándwich de plátano para
merendar y, luego, algo envuelto
en pañuelos de papel.

—¿Qué es eso? —le pregunta
Mika.

—Adivina, pero no lo abras, ¿eh?
—dice Billie, sonriendo
enigmáticamente y pasándole
a Mika el bulto.

Mika cierra los ojos y tantea los pañuelos de papel.

—Hummm… Tiene una parte larga y delgada —dice con lentitud—. Y una parte redonda. Y es duro.

—Yo sé lo que es —afirma Jack, que ha visto el regalo que le han hecho a Billie porque viven puerta con puerta. Ella se lo enseñó el día anterior.

—¡No se lo digas! —exclama Billie.

—¿Puedo tocarlo? —tercia Alex.

Mika le pasa el paquete y le pregunta a Billie:

—¿Nos das una pista?

Billie sonríe de oreja a oreja y
contesta:

—Agranda las cosas.

—¡Una lupa! —dice Mika muy
contenta.

—¡Has acertado! —replica Billie,
y le coge el paquete de las manos
a Alex y lo desenvuelve con
cuidado.

Dentro hay una lupa nuevecita que
brilla con el sol.

—Me la ha dado mi abuela
—explica Billie con orgullo.

—¡Qué guay! —exclaman Alex y
Mika a un tiempo mientras tocan
la lupa con la punta de los dedos.

—¿Sabéis que se pueden quemar cosas con una lupa? —dice Alex—. Si ponemos debajo unas cuantas hojas secas, podríamos prenderles fuego. Lo vi en la tele una vez.

—Ni se te ocurra —dice Jack—. ¡Eso es muy peligroso! El director y todos los profes se enfadarían mucho si hicieras fuego en el colegio.

Billie hace gestos a sus amigos para que se acerquen y les dice en voz baja:

—En realidad, yo estaba pensando en crear un club secreto. Y usar la lupa para hacer de espías y buscar pistas.

 10

—Son los detectives los que usan lupas, no los espías —apunta Alex.

Billie suspira y pone los ojos en blanco. Algunas veces, Alex es bastante SABELOTODO.

—¡Es lo que quería decir! —replica Billie, encogiéndose de hombros—. Seremos detectives.

—¿No es lo mismo? —pregunta Mika.

—No —contesta Alex—. Los detectives son como Sherlock Holmes; los espías, como James Bond.

—Ay, ¿yo puedo ser James Bond? —dice Mika muy ilusionada.

—¡Me pido ser Sherlock Holmes! —exclama Jack.

—¡No, no me estoy refiriendo a eso! —exclama Billie, un poco molesta porque sus amigos están haciendo el tonto—. Seríamos más bien como Los Cinco. O como El Club de los Siete Secretos.

—Pero ¡si solo somos cuatro! —ríe Jack—. ¿O es que vas a incluir a *Baku*, mi perro?

Alex ladra y Mika se ríe.

A Billie se le escapa también una risita, aunque le da un poco de rabia porque quiere que sus amigos la escuchen.

—Venga, lo digo en serio —protesta.

—Pero ¿dónde vamos a encontrar un misterio que aclarar por aquí, Billie? —dice Jack haciendo gestos de aburrimiento.

—A menos que quieras resolver el caso de la zapatilla apestosa… —bromea Alex.

—O el del lápiz perdido —tercia Mika con una risita.

Billie suspira. «Jack tiene razón —piensa—. El cole no es un sitio muy emocionante para hacer una investigación. Tampoco lo son nuestras casas. Ni siquiera el parque, ahora que somos mayores».

Entonces Billie piensa en qué lugar podrían encontrar un misterio que resolver. Tiene que ser RáPiDa, porque sus amigos ya han empezado a hablar de otras cosas. ¡Si no se le ocurre algo deprisa, de ninguna manera van a querer crear un club secreto con ella!

En ese momento, Billie tiene una idea. ¡Una idea de las suyas! ¡UNa iDea bUeNÍSima! Conoce un lugar perfecto.

Es miSteRioSo y SiNieStRo
y está segura de que impresionará a sus amigos.

—Conozco un sitio verdaderamente terrorífico —dice en voz alta—. Un sitio al que solo los SUPERVALIENTES se atreverían a ir.

—¿Cuál? —preguntan los demás, que se vuelven hacia ella con repentino interés.

Billie apoya la espalda en el tronco del árbol y sonríe. Sabe que sus amigos le están prestando atención.

—La casa tenebrosa que hay al final de nuestra calle —responde.

Jack se queda sin respiración.

—¿La… casa encantada?

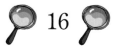

Billie asiente.

—Las casas encantadas no existen —se burla Alex cruzando los brazos y poniéndose muy serio.

Billie se molesta con él. Aunque ella misma está bastante segura de que no existen las casas encantadas, quiere comprobarlo hasta estar absolutamente supersegura.

Además, tiene muchas ganas de crear un club secreto y Alex lo va a echar todo a perder. Por eso Billie no le hace caso.

Se vuelve hacia Mika y Jack y, poniendo la voz más tétrica posible, dice:

—A veces, cuando cruzas por delante de la casa, parece que SERRASEN y TRITURASEN algo. ¿No lo habéis oído? ¡Es la bruja que hay dentro, moliendo huesos!

—En las casas encantadas no hay brujas —ríe Alex—. En las casas encantadas hay fantasmas.

—¡Es que en esa casa también hay fantasmas! —añade Billie—. Los fantasmas esperan a que pase algún niño solitario para cazarlo. ¡Y luego la bruja tritura sus huesos y se los come!

Jack y Mika se echan a temblar.

—Nadie ha visto jamás a alguien entrando o saliendo de esa casa —añade Billie con voz tenebrosa.

Se lo está pasando en grande inventándose la historia y por fin anuncia:

—El primer caso del Club del Misterio es averiguar quién vive en la vieja casa que hay al final de nuestra calle. ¿Quién es lo bastante valiente como para acompañarme?

Billie se coloca la lupa delante de un ojo y en ese mismo instante Mika levanta una mano, como si alguien hubiera apretado un botón.

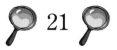

Alex imita a Mika, pero suspira y pone cara de no creerse la historia de Billie.

Por último, Jack levanta la mano muy lentamente.

Parece preocupado. Billie sabe que solo levanta la mano porque no quiere que lo dejen atrás.

Billie se siente un pelín mal. No tenía intención de asustar a Jack, pero está deseando encontrar un caso superemocionante para que lo resuelva El Club del Misterio.

«Jack estará bien», piensa Billie, y espera tener razón.

No se imagina esa nueva aventura sin su mejor amigo, la verdad. Sin él nada tiene la misma gracia…

Capítulo 2

Ese fin de semana, Jack, Mika y Alex se reúnen en casa de Billie. Están todos en su habitación, con la puerta cerrada a cal y canto. Fuera Billie ha colgado un cartel que dice:

¡Prohibido pasar!
(¡Especialmente TÚ, Tom!)

Reunión secreta.

(No se permite el paso a los niños pequeños.)

El hermano pequeño de Billie, Tom, aún no sabe leer, pero Billie espera que sus padres pillen la indirecta.

Billie ha cogido de un armario de la cocina una cesta de mimbre y se la pasa a sus amigos.

Cada uno echa dentro la bolsa de piruletas que ha comprado con su propia paga.

A continuación, Billie lee en voz alta su plan, que ha anotado en su cuaderno secreto, con cerradura y llave de verdad.

Lo ha escrito con letra diminuta: así puede usar la lupa para leerlo.

—El primer misterio que tiene que resolver nuestro club es qué está ocurriendo en la casa encantada. ¿Es cierto que allí vive una bruja?

Billie hace una pausa para dar más efecto a sus palabras y luego continúa leyendo:

—El plan es el siguiente: dos llaman a la puerta y fingen que están vendiendo piruletas para el colegio. Mientras, los otros dos mirarán por una ventana o por encima de la valla de atrás. Cualquier pista que se encuentre será enviada lo más pronto posible al club.

—Vale —contestan los otros tres
al mismo tiempo.

—Quizá deberíamos tener una
contraseña secreta —sugiere Alex.

—¡Buena idea! ¿Qué tal un silbido?
Algo así —dice Billie, ENCANTADA
de que Alex esté DISFRUTANDO,
y se pone los dedos en la boca
y silba con fuerza.

Pero el silbido es tan fuerte que,
en la casa de al lado, *Baku,* el
perro de Jack, empieza a ladrar
como un loco.

Billie suelta una risita.

—Me parece que es demasiado
evidente —dice Alex.

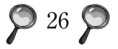

—Y yo no sé silbar —admite Mika.

—¿Y qué tal el canto de un pájaro? —propone Jack.

Los cuatro empiezan a graznar, chillar y a hacer todo tipo de ruidos de pájaros.

¡BUUU, bUUU! ¡CROC, CROC! ¡PÍO, PÍO!

Finalmente, Alex imita el canto de un gallo y todo el mundo estalla en carcajadas.

—¡Muy bien, pues entonces nuestra contraseña será el canto del gallo! —exclama Billie—. Ahora toca la decisión más importante: ¿quién se ofrece

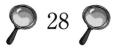

voluntario a ir por la parte
de delante de la casa encantada
y quién por la de detrás?

Todos se miran.

—Yo… es que no quiero llamar a la
puerta de delante —confiesa Jack.

—Vale, no pasa nada —dice
Billie—. Alex y tú podríais mirar
por el jardín de atrás.

—Por mí, de acuerdo —replica
Alex—. ¿Tú qué opinas, Jack?

Jack se encoge de hombros,
se muerde una uña, nervioso,
y finalmente contesta:

—Eh…, bueno, supongo que estoy
de acuerdo, sí.

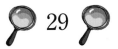 29

Billie sonríe de oreja a oreja.

—¿Entonces tú me acompañas a la puerta principal, Mika? —le pregunta a su amiga.

Mika asiente valientemente.

—Si nos abre la bruja, todos echaremos a correr y nos reuniremos aquí, ¿vale? —explica Billie.

Los demás asienten y luego Billie exclama:

—¡Chocad esos cinco! ¡Quiquiriquí!

Alex, Mika y Jack se le unen y todos gritan a coro su contraseña secreta.

Pero Jack está tan nervioso que más que el canto de un gallo, lo que le sale es el canto de un GRILLO...

«A lo mejor debería decirle a Jack que esto solo es un juego —piensa Billie—. Pero entonces Mika y Alex pensarían que estoy haciendo trampas. ¡Y El Club del Misterio no tendría ningún caso que resolver!».

Capítulo 3

Billie camina calle abajo
junto con el resto del Club
del Misterio. Cuando se acercan
a la casa encantada, se dividen
en dos grupos.

Alex y Jack van a la parte trasera.
Billie y Mika esperan un minuto
y luego se dirigen a la puerta
delantera.

Billie nunca ha estado tan cerca
de la casa tenebrosa.
Cuando ella y Jack
pasan por delante,
se cruzan siempre
de acera.

Billie siente una agradable
mezcla de emoción y miedo.
Aun sabiendo que lo más probable
es que allí no viva ninguna bruja,
su corazón late muy deprisa.

Las chicas abren la portezuela
de la primera valla y recorren
el sendero que lleva hasta la
puerta principal. Cuando ya están
cerca, un gato negro cruza
el porche y desaparece
sigilosamente detrás de una
esquina.

—¡El gato de la bruja! —le susurra
Billie a Mika—. ¡Ajá, todo encaja!
Estoy convencida de que ese es
el gato de la bruja.

🔍 🔍 🔍 🔍 🔍 🔍 🔍 🔍 🔍 🔍

A Mika casi se le salen los ojos
de las órbitas.

—¿Sigues pensando que tenemos
que llamar a la puerta?
—pregunta.

—¡Por supuesto! —responde
Billie, aunque siente que su
corazón late aún más deprisa.

Billie y Mika siguen avanzando
de puntillas por el sendero. La
casa, alta y gris verdosa, está mal
cuidada. La pintura desconchada
muestra las tablas de madera
que hay debajo.

—¡Es la casa de una auténtica
bruja! —sisea Billie.

—¡Déjalo ya, Billie, o me voy!
—dice Mika deteniéndose con
cara de miedo.

A Billie se le escapa una sonrisita.

«¡Incluso Mika se cree mis
historias de terror!», piensa.

—¡Los fantasmas y las brujas
no existen, Mika! —exclama
para tranquilizar a su amiga—.
Todo el mundo lo sabe.

Mika frunce el ceño y replica:

—Pues eso no es lo que llevas
varios días diciendo…

—Ya lo sé, pero estaba
bromeando. ¡Quería resolver
un misterio! Llamaremos a la

puerta para ver si vive alguien
y luego nos volvemos a mi casa,
¿vale?

Billie coge a Mika de la mano y,
tras un segundo de duda, golpea
con fuerza la puerta tres veces.

La calle está en silencio: solo
se oye el SUSURRO del viento
entre los árboles.

A lo lejos, un coche arranca.

—¡Aquí no hay nadie! —dice Mika
después de un momento. Parece
aliviada—. Venga, vamos
a reunirnos con los chicos.

—¡Espera! —exclama Billie—.
Creo que oigo algo.

Pone la oreja en la puerta y entonces oye, en lo más profundo de la casa, el extraño ruido que ha oído en otras ocasiones. El zumbido de una máquina al moler y triturar…

—¡Es la máquina trituraniños de la bruja! —le dice Billie a Mika en voz baja.

Mika se vuelve hacia ella, pálida como un fantasma.

—¡Billie, acabas de decir que las brujas no existen! —replica Mika muy enfadada—. ¡Estás intentando asustarme todo el rato! Me vuelvo a tu casa. ¡Esto ya no es divertido!

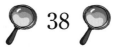

Mika se da la vuelta y echa
a correr por el sendero que
atraviesa el jardín.

—¡Espera! —susurra Billie—.
Creo que oigo algo. ¡En serio!

Pero Mika ya está dirigiéndose
hacia la parte de atrás en busca
de Alex y Jack.

Al ver cómo se va Mika, Billie
se siente un poco mal por haber
asustado a sus amigos. Además,
realmente la casa es bastante
tenebrosa. Quizás no sea el
mejor lugar para buscar
misterios…

Billie sigue escuchando
los sonidos que vienen
del interior.

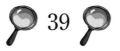

Son zumbidos, crujidos, como si alguien estuviera moliendo algo…

A continuación oye pisadas. Pisadas lentas y fuertes, sobre un suelo de tablas que crujen. Se acercan. ¡Más y más!

La puerta se abre de golpe.

Billie mira hacia arriba y se queda con la boca abierta.

Delante de ella está la mujer más terrorífica que haya visto nunca. Tiene una melena blanca y lleva unos ropajes muy raros.

¡Parece una bruja de verdad!

Billie mira sus dedos largos
y huesudos y ve que están
salpicados de manchas rojas.

—Hola —dice la mujer.

Su voz es aguda como la de una
rana. Al sonreír muestra una hilera
de dientes amarillos.

Billie, aterrorizada, suelta la
cesta de las piruletas, echa a
correr por el sendero, sale a la
calle y se va volando a su casa.

Capítulo 4

—¡Es una bruja! —les dice Billie a sus amigos una vez que están todos a salvo en su habitación—. ¡La he visto, y os aseguro que es una bruja!

Mika mira fijamente a Billie.

—Las brujas no existen —afirma, y añade para los demás—: Billie me ha dicho que se inventó toda esa historia de la bruja desde el principio.

—¡Lo sabía! —dice Alex con voz de sabelotodo y frunciendo el ceño.

—Pero ¡había una bruja en la casa, de verdad! —dice Billie—. Tiene una melena blanca y lleva una ropa muy rara. También tiene un gato negro. ¡Tú lo has visto, Mika!

Mika se cruza de brazos.

—No había nadie en esa casa, Billie. Solo intentas asustarnos.

—Eso —dice Alex—. Jack ha mirado por encima de la verja trasera. El jardín está todo descuidado. No es más que una casa abandonada, Billie.

—¡Salió a abrir en cuanto Mika se marchó! —insiste Billie—. Era verdaderamente HORRIPILANTE.

Y tenía algo rojo en las manos. No digo que fuera sangre, pero…

—¡Ya vale, Billie! —dice Mika—. No voy a jugar más contigo si sigues intentando asustarnos.

—Ni yo —dice Alex—. Esto ya no es divertido. Me voy a mi casa.

—¡Yo también! —dice Mika.

Billie mira a sus tres amigos MUY aPENaDa.

—¿Y qué va a pasar con nuestro Club del Misterio? —pregunta.

Billie mira a Jack esperanzada, pero él se pone colorado y aparta la mirada.

—Solo jugaré si dejas de asustarnos —masculla—. A nadie le gustan tus historias de miedo, Billie.

—Pero… —empieza Billie, aunque luego se calla.

No tiene sentido seguir hablando. Sus amigos nunca volverán a creerla. «¡Ojalá no les hubiera engañado con lo de la bruja! —piensa—. Así ahora me creerían».

—Vale —dice, agachando la cabeza—. No volveré a contar cuentos de brujas nunca más.

—¿Lo prometes? —dice Mika.

—Lo prometo —responde Billie, asintiendo con la cabeza—. Se acabaron las historias de miedo, en serio.

CaPÍTULO 5

Al día siguiente, Billie
no puede dejar de pensar
en la mujer de la casa encantada.
«¿Y si es una bruja de verdad?
¿Y si viene a buscarme?».

Un temblor le recorre el cuerpo.

Baja las escaleras y se sienta
en la cocina con su familia.
Estar con sus padres
y su hermano siempre hace
que se sienta MEJOR.

Tom está sentado a su mesita,
pintando con sus lápices
de colores.

—¡Hola, Tom! —le dice Billie, y acaricia su pelo suave y castaño.

Él sonríe y le da su dibujo.

—¡Oh, qué bonito! —exclama Billie, mirando las rayas rojas y amarillas que hay por toda la página—. ¿Qué es?

—*¡Jibafa!* —contesta Tom con orgullo.

—¡Ah, sí, claro! —responde Billie, sonriendo.

Gira el papel, pero solo es capaz de ver garabatos: ninguna jirafa.

—¡Eh, Billie! ¿Has visto la cesta de la merienda? —le pregunta entonces su padre, que está subido

en una escalera, rebuscando
en lo alto de un armario.

«¡Ahí va!», piensa ella…

—Esto…, ¿por qué lo preguntas?

—Bueno, hemos pensado ir a
merendar al parque esta tarde
—interviene su madre.

—Pero no encontramos
la cesta —dice su padre—. ¿Has
estado tú jugando con ella?

A Billie se le ponen coloradas
hasta las orejas.

—¡Ejem, no! —responde con voz
chillona.

—¿Billie? —insiste su madre.

—¡Ay, es cierto, la tomé prestada! Para un juego.

—¡Pues vaya! —exclama el padre de Billie bajando de la escalerilla—. ¡Y yo buscándola por todas partes! ¿Puedes traerla, por favor?

De repente, en su cabeza, Billie ve la cesta apoyada en el escalón de entrada a la casa encantada.

—Bueno, es que ya no la tengo —dice—. Yo la…, bueno…, se la he prestado a alguien.

—¿A quién? —le pregunta su padre.

—A Jack —responde Billie inmediatamente.

—Bueno, pues entonces ¿puedes ir a buscarla de una vez? —dice la madre de Billie, que ya parece un poco ENFADADA.

—Vale —responde Billie PREOCUPADA—. Voy a por la cesta. Vuelvo enseguida.

Sale al jardín y se cuela por el agujero de la valla. Como ha crecido, cada día le cuesta más pasar por ahí, pero sigue siendo la forma más rápida de visitar a su mejor amigo.

—Hola, ¿está Jack? —le pregunta Billie al padre de Jack cuando le abre la puerta.

—Claro, Billie —dice el hombre—. Está arriba, en su habitación.

Billie sube corriendo las escaleras y abre de golpe la puerta de la habitación de Jack. Él está sentado en el suelo, construyendo una nave espacial con piezas de Lego.

—¡Jack! —exclama Billie sin aliento—. ¡Necesito tu ayuda! Tengo un problema muy GORDO.

CaPítULO 6

Billie explica lo que ha
ocurrido y Jack la escucha
con atención.

—Necesito que vayas conmigo
a recoger la cesta. Me da mucho
miedo ir sola.

—Vale, pero ni se te ocurra hablar
de brujas, fantasmas o cosas raras
—replica Jack, recogiendo
sus piezas de Lego y guardándolas
en su sitio.

—De acuerdo. Gracias, Jack.
Eres el mejor —dice Billie,
y los dos bajan las escaleras
corriendo.

—Billie y yo vamos a darle un paseo a *Baku* —grita Jack para que lo oigan sus padres.

—De acuerdo —dice su madre—. Pero no tardes más de media hora. Hoy comemos en casa de la abuela.

Baku da saltos de emoción cuando ve la correa.

Billie y Jack sacan al perrito por la puerta delantera y se encaminan hacia la casa encantada.

En la calle se encuentran con un vecino, que los saluda desde la acera de enfrente. Él también está de paseo con su perro.

Cuanto más se acercan a la casa
encantada, con más fuerza
y rapidez late el corazón de Billie.

«¿Y si la bruja ve cómo nos
acercamos? —piensa,
preocupada—. ¿Y si nos atrapa
y se nos come para cenar?».

Enseguida llegan.

Billie se fija en una ventana rota
que hay en el último piso y
distingue un brillo extraño.
Entonces a Billie le entra aún
más miedo y se echa a temblar.

Jack, Billie y *Baku* recorren
el sendero, pisan los primeros
escalones tan sigilosamente
como pueden y…

¡CRaaaaac!, chirría la madera
de repente.

Billie se queda helada cuando se
fija en la puerta de la casa.

—¡Oh, no! —exclama—.
¡La cesta ya no está! ¡La bru…,
o sea, la mujer ha debido
de cogerla, claro!

—Bueno, supongo que ahí dentro
vive alguien. Venga, solo tenemos
que llamar y pedir que nos
devuelvan la cesta —dice Jack
con calma, cogiendo a Billie
de la mano y tirando de ella.

—¡No! —grita Billie, tirando en dirección contraria—. Olvídate de la cesta, Jack. ¡Vámonos a casa! ¡Les diré a mis padres que la he perdido!

—Billie, las brujas no existen, ¿recuerdas? —dice Jack, negando con la cabeza, un poco enfadado—. ¡Esto es increíble! ¡Tú te inventaste esa historia!

—¡Lo sé! —replica Billie—. Lo que pasa es que…

Pero antes de que Billie pueda acabar la frase, Jack llama a la puerta.

Casi de inmediato, esta se abre y aparece la señora de pelo blanco.

Da más miedo aún que el día anterior.

—¡Hola de nuevo! Has vuelto, ¿eh? —le dice a Billie, sonriendo y mostrando sus dientes amarillos.

—Esto…, ayer nos dejamos una cesta aquí, delante de la puerta de su casa —le explica Jack—. ¿Podría devolvérnosla? A los padres de Billie les hace falta para irse al parque.

—Sí, claro —contesta la mujer, apoyando una mano en el hombro de Jack.

En ese momento Billie ve las HORRIBLES manchas rojas de sus dedos.

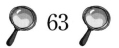

—Me la llevé dentro cuando la vi
—continúa la bruja—. ¿Por qué
no entráis? Tengo algo en el horno
y necesito comprobar cómo va.

Billie siente que toda la sangre
de su cuerpo se le baja a los pies.
«Niños —piensa—. ¡Seguro que
lo que tiene en el horno
son niños!».

Da media vuelta para salir
corriendo, pero, para su sorpresa,
Jack le responde a la espeluznante
señora:

—¡De acuerdo, gracias!

Y, sin mirar a Billie, se mete
sin más en el oscuro recibidor
de la mujer.

—¡Jack! —grita Billie. Su voz parece un GRaZNiDO de terror.

Jack se vuelve y, curiosamente, sonríe.

—¡Me olvidaba de *Baku!* ¿Puedes quedarte con él? —dice, dándole la correa—. Vuelvo dentro de un minuto.

Capítulo 7

«¿Jack va a entrar? —piensa—. Pero ¡si es la persona más asustadiza que conozco! ¿Será que la bruja lo ha hechizado?».

Antes de que Billie pueda decir o hacer nada, la mujer cierra la puerta… y Jack desaparece.

—¡Jack! ¡Jack! —lo llama Billie en voz baja, pues no quiere que la bruja salga y la coja a ella también.

Pero no sirve de nada. La puerta permanece cerrada. «¡Tengo que hacer algo! ¡Todo esto es culpa mía!».

Entonces se le ocurre ir a echar un vistazo por una de las ventanas de los lados, por si así divisa a Jack.

Una vez delante de la ventana, Billie se da cuenta de que está demasiado alta y no puede mirar dentro.

Rápidamente mira a su alrededor para buscar algo donde encaramarse. En el sendero de entrada hay un viejo tablón.

Billie deja a *Baku* atado a un árbol, coge el tablón y lo apoya contra la pared de la casa. Luego se sube con MUCHO CUIDADO.

El tablón cruje, se dobla y se tambalea, pero Billie se sujeta fuerte. Pronto está lo bastante alta para ver el interior.

Billie observa la oscura habitación a través de un cristal bastante sucio. De repente, lo que ve casi hace que se caiga del tablón, de PURO TERROR.

¿Adivinas lo que ha visto Billie? ¡Sí, has acertado!

¡Fantasmas! ¡Billie ha visto fantasmas! Enormes, horribles y tenebrosos fantasmas. Formas blancas y pálidas en la grande y oscura habitación.

69

Billie baja del tablón de un salto:
¡el corazón le late como
un tambor!

¡En esa dichosa casa no solo vive
una bruja! ¡También hay
fantasmas!

«¿Debería volver a casa a buscar
ayuda? —se pregunta Billie—.
Pero ¿y si llego demasiado tarde?
¿Y si la bruja ya ha metido a Jack
en su máquina trituradora
de huesos? ¡O en el horno!
No, necesito otro plan».

Justo en ese momento, oye voces que vienen del patio trasero. Unas carcajadas agudas y, después, ¡la voz de Jack!

¡Sigue vivo!

Billie está mareada de alivio. ¡Menos mal!

Billie recorre la pared y llega hasta la segunda valla, la que da al patio trasero de la casa encantada.

No quiere trepar por ella, por si la bruja la ve, así que busca desesperadamente un agujero por el que espiar.

Por suerte, un trozo de la vieja y desvencijada valla se le parte en la mano y así, a través de la grieta, Billie puede mirar sin complicaciones.

Por ese agujerito Billie ve un jardín descuidado, lleno de matorrales, hierba alta y árboles sin podar.

Pero lo que más le llama la atención es que el suelo está lleno de cacharros y piezas metálicas.

«Esto parece un vertedero, la verdad», piensa Billie bastante extrañada.

Entonces sigue observando y más allá, cerca de la casa, descubre un montón de objetos metálicos rarísimos.

Tienen las más diversas formas y tamaños. Algunos de ellos parecen máquinas extravagantes. Otros, criaturas mecánicas, como robots.

Billie oye voces de nuevo, así que arranca un trocito más de la valla para ver mejor.

Cuando encaja la cara en el agujero, la madera astillada le pincha los mofletes.

—¡Jack! —susurra—. ¡Jack!

Como su amigo no responde,
a Billie se le ocurre soltar en voz
baja la contraseña secreta del club,
«¡Quiquiriquí!», pero nada, Jack
sigue sin contestar.

Al fin, cuando está a punto
de perder toda esperanza, lo ve.

—¿Jack? —dice Billie,
sorprendidísima.

Capítulo 8

Allí, en el jardín, están Jack
y la bruja.

Observan las extrañas criaturas
mecánicas mientras pasean.

Mientras Billie los mira
desde fuera, Jack mete una mano
en la cesta que lleva la mujer
y saca una piruleta.

Billie parpadea y mira de nuevo,
pero sus ojos no la engañan.

Realmente Jack está paseando
por el jardín con la bruja
¡y comiendo piruletas!

En ese momento, Jack se gira
y ve la cara de Billie encajada
en el agujero de la valla.

—¿Billie? ¿Qué haces ahí?
—le pregunta—. Ve hacia la puerta
de la valla, que vamos a abrirte.

Y tanto él, con la piruleta en
la boca, como la bruja se dirigen
hacia la puerta lateral para
que Billie pase al jardín.

Billie los espera allí, de pie
en la puerta, con los ojos como
platos y cara de extrañeza.

—¿Quééé…? —balbucea.

Cuando llega a la puerta, Jack sonríe de oreja a oreja.

—No estarías preocupada por mí, ¿verdad? —susurra.

La supuesta bruja llega a la puerta también y se acerca a Billie.

—Perdona que te haya tenido esperando, cariño —le dice—. Le estaba enseñando a Jack algunas de mis esculturas.

Y señala los extraños objetos metálicos que hay por todo el jardín.

—Ah, y perdona que me haya comido vuestras piruletas —añade—. ¡No he podido

contenerme! Pero le daré
a la madre de Jack un poco
de dinero a cambio, la próxima vez
que la vea.

La mujer le da la mano a Billie
para que se la estreche. Como
Billie se queda paralizada, la mujer
se mira los dedos manchados
de rojo.

—Ah, te has fijado en la pintura…
Está seca, cariño. ¡Es que no
consigo quitármela! He estado
pintando de rojo mis nuevas
esculturas y me he manchado.

—¿Hay más esculturas? —le
pregunta Jack—. Qué guay.
¡Tienes muchas!

—¡Sí! Están dentro, ¿queréis verlas? Las he cubierto con sábanas para que no se llenen de polvo. ¡Trabajar el metal y cortar madera ensucia un montón!

Billie parpadea. Las palabras se le atascan en la garganta.

—Creo que sería mejor que nos fuéramos —dice Jack—. La madre de Billie está esperando su cesta. Nos pasaremos a verlas en otro momento, Andrea.

—Entonces os espero otro día. Venga, os acompaño al sendero. Hasta pronto, ¡y gracias por las piruletas!

Jack desata a *Baku,* se vuelve y se despide de Andrea con la mano desde la puertecita de la primera valla.

Los dientes amarillos de la mujer destellan a la luz del sol cuando les devuelve el saludo.

CapíTULO 9

—¿Tú sabías que se llamaba
Andrea? —le pregunta Billie
a Jack cuando han dado la vuelta
a la esquina.

Jack sonríe, avergonzado,
y se encoge de hombros.

—Sí, hablé con mi madre ayer.
Sé que dijiste que no debíamos
hablar con nadie del Club
del Misterio, pero nos asustaste
tanto…

—¿Por qué no me dijiste
que era amiga de tu madre
cuando veníamos para acá?
—replica Billie, enfadada—.
¡Estaba asustadísima, Jack!

Jack se inclina para rascar a *Baku*
detrás de las orejas. Después,
levanta la cabeza y mira a Billie.

—No es una sensación agradable
que un amigo te asuste adrede,
¿verdad? —le pregunta MUY SERIO.

Billie nota que se pone colorada.
Agacha la cabeza y mira al suelo.

«Jack tiene razón —piensa—. Hice
mal en asustarlo. A él y a Mika y
Alex. Me está bien empleado que
Jack me la haya devuelto».

—PERDÓNAME —dice Billie en voz baja—. Tenía muchas ganas de resolver algún misterio y pensé que así sería más emocionante. Pero supongo que me pasé.

Jack sonríe y le da la cesta a Billie.

—No pasa nada —replica—. Venga, tenemos que volver. Porque no querrás asustar a nuestros padres también, ¿verdad?

Billie se echa a reír y empieza a caminar al lado de Jack balanceando la cesta vacía. Se siente CONTENTA Y ALIVIADA.

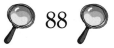

Baku LADRA y pronto los tres
llegan a la casa de Billie. Jack
la espera mientras ella entra.
En ese preciso instante, Billie
ve algo blanco sobre las escaleras.

—¡Jack, ven! —grita.

—¿Qué pasa? —pregunta él,
acercándose.

Billie se inclina y comprueba que
se trata de un sobre. Al cogerlo,
lee lo que pone:

—«Para El Club del Misterio.
¡Urgente!».

Billie se queda con la boca abierta.
Abre el sobre y saca una hoja
de papel blanco doblada.

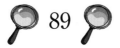

—¿Qué dice? —pregunta Jack, intentando ver por encima del hombro de Billie.

—No lo sé —contesta ella, dándole vueltas al papel—. Creo que está en código.

Jack y Billie se quedan con los ojos fijos en la carta. Está llena de extraños garabatos negros que ninguno de los dos entiende.

—¡Qué intriga! —exclama Jack.

—La llevaré al cole el lunes, ¿vale? —dice Billie, emocionada—. ¡Parece que El Club del Misterio va a tener que resolver su primer caso auténtico!

LOS MISTERIOS DE BILLIE B. BROWN

¡CONTINUARÁ!